KB175130

다시 길 위에 서다 8

시와 사진의 대화

구름 따라 걷는 길

다시 길 위에 서다 8

시와 사진의 대화

구름 따라 걷는 길

윤명선 시집

이담
Books

구름 쳐다보고 걸으면서 인생을 노래하다

Prologue

시인도 아니면서 사진가도 아니면서 시를 쓰고 사진을 찍어 한 권의 시집을 만들고자 한다. 이것이 만용인 줄 잘 안다. 나의 목표는 시인이 되고 사진가가 되는 것이 아니라 시를 쓰고 사진을 찍으면서 나를 만나는 데 있다. 대학에서 강의를 마치면서 지금까지는 법학을 전공하며 논리만을 다루는 좌뇌만 사용해 왔으므로 이제부터는 감성을 다루는 우뇌를 사용하다가 가기로 했다. 그래서 일몰처럼 마지막 에너지를 태워 산 위에 붉게 떠 있다가 저 세상으로 건너가는 것이 마지막 소망이다.

원래 '시와 사진의 대화'를 시도했다. 같은 이미지로 한쪽에는 사진을, 다른 한쪽에는 시를 실어, 한 권의 책을 만들 계획이었다. 그런데 시의 이미지에 맞추어 사진 찍으려니 어려움이 있고, 사진에 맞추어 시를 쓰는 것도 쉽지 않다. 그래서 책 전체의 주제로 구름을 선택하고 구름 쳐다보고 걸으면서 새롭게 정리했다. 사진과 시의 이미지를 맞추느라 시 형식에 한계를 느낀다. 흘러가는 구름 쳐다보며 사진 찍고 시 쓰면서 전국을 누비고 다니니 세상이 내 것이 된다.

구름 따라 걷는다. 인생길을! 구름처럼 세상의 모든 짐 내려놓고 걸으면 마음에 평화가 오고 인생이 가벼워진다. 세상을 관조하면서 구름처럼 노래하고 바람처럼 흐른다. 모든 존재는 의미가 있고 아름답다는 것을 걸으면서 깨닫는다. 내 마음은 자유롭게 흐른다. 욕망을 내려놓고 오늘에 몰입하면 행복이 내 안으로 들어온다. 지금 이곳이 바로 천국 아닌가? 살아서 갈 수 있는. 구름 쳐다보고 걷다 보면 나도 구름이 된다. 그 순간 나는 여기에 없다.

시와 씨름하느라 마음고생도 많았지만, 시와 사랑을 나누고 사진도 함께 찍으면서 의미 있는 시간을 보냈다. 나의 놀이터에서 혼자 놀면서 자연과 대화를 나누고 우주여행을 하면서 나를 만나게 되고 신과의 대화도 나누었다. 세상을 보는 눈이 달라지고 구원으로 가는 길을 발견하게 되었다. 이 시집은 자전적 성격을 가지고 있으며, 사진과 시의 이미지를 맞추기 위해 시적 형식을 벗어난 측면이 있다. 다소 추상적이고 시적 영감은 못 주지만, 영감을 받거나 공감을 하는 독자가 있다면 보람으로 생각하고 지속적인 교류를 기대해 본다.

2020년 10월 10일
나의 놀이터에서

▌Contents

서시: 구름 책

구름 쳐다보고 걸으며
세상을 건너가는
오늘

책 속에서 얻은
지혜와 교훈으로
삶을 가볍게
인생을 즐겁게

하늘은 도서관
구름은 책
바람은 작가

책들이 움직임에 따라
달라지는 도서관 모습
작가의 의도가 숨겨진
가지가지 책의 형상

눈으로 품으면 보이고

자연과의 교감을 넓히면서
세상을 넓게 관조하고
마음의 숲을 배회하며
비로소 나를 만나는 기쁨

가슴으로 읽으면 깨닫고

사진 찍으면서 걸으면
모든 존재가 피사체
구도를 맞추면서
깨닫는 자연의 섭리

'모든 형상은 다 아름답고
 모든 존재는 다 가치가 있다'

구름 따라 걷다 보면
어느덧 나도 구름이 되고
그 순간 나는 지상에 없다
육신의 그림자만 너울거릴 뿐

책 읽으며 걷고 있는 지금
마음에 평화가 임하고
순간에서 영원으로 건너가는
기쁨이 충만한 이 길

이곳이 살아서 가는 천국이고
이 길이 구원으로 가는 길이다
지금 나에게는

제1부

구름 따라 걷는 인생

나의 마지막 소망
구름 쳐다보고 걸으며
지금 이 길에서
구름처럼 흘러가는 것

구름이 하늘에서 흐르듯
지상에서 흐르며
구름처럼 가볍게
세상을 건너가고

걸으면서 사진 찍고
시 습작하며
자연을 관조하고
인생을 노래하며

구름 따라 걷는 길
진정한 나를 만나고
살아서 가는 천국
내 가슴속에 건설하며

Ⅰ. 구름을 찾아서

오늘
– 보스포루스 해협을 따라 걸으며

저 다리* 바라보며
구름의 그림자 밟고
해협 따라 걷는다

길 위에서 해방되어
자유로움을 누리고
순간순간 행복을 느끼며**

오늘을 건너가고 있다

살아있음에 감사하고
삶에 의미를 덧칠하며
모든 짐 내려놓고 걸으니

자연과 동화된 이 순간
하늘이 다리까지 내려와
기꺼이 맞아주는 길

내 인생의 실존은 지금 여기다

"지금 이 현실에서 그대 의식 속에
 충만한 기쁨과 행복이 가득 넘칠 때
 바로 그곳이 천당이다"***

'살아서 가는 천국'

나는 지금 천국을 걷고 있다
구름과 함께

　* 동양과 서양을 잇는 이스탄불의 두 번째 다리로써 국왕의 이
　　름을 따서 '파티흐 술탄 메흐메트 다리'라고 부른다.
　** 괴테가 말하는 여행의 목적임.
　*** 예삐 바다 중에서.

나의 현주소

- 나의 놀이터

내 주소를 찾는 데 흘러간 세월
까마득하기만 하다
먹구름이 하늘을 뒤덮고
찬바람이 들녘을 지나치고

주민등록법상 새 주소
아직 머릿속에 입력하지 못하고
가슴속에 새겨진 주소만 되새기며
구름 따라 걸으면서
오늘을 건너가고 있다

내 마음속 주소는
지금 도(道) 여기 군(郡) 즐기 면(面) 행복 리(里)
놀이터 하나 있는 집
번지수는 아예 기억에도 없고

도봉산 자락이 문턱까지 뻗어 있고
구름이 능선 타고 내려와
유리창 밖에서 노크하고
문만 열면 그리움이 스며드는 곳

주소도 모르는 채
빈손으로 건너왔고
은퇴한 후에는
구름만 쳐다보고 걷다가

마침내 도착한 행복리

이제 남은 소망은
행복을 전도하면서
붉게 타오르다가
겨울 산을 넘고 싶을 뿐

저 일몰처럼

구름 예찬

- 사패산 둘레길을 걸으며

산속에 숨겨진 오솔길
푸른 하늘 쳐다보고
자연과 소통하며
오늘도 구름 따라 걷는다

하늘에서 흐르는 구름
친구가 되어 위로해주고
의사가 되어 치유해주고
스승이 되어 깨우침 주고

혼자서 걷고 있는 이 길
결코 혼자가 아닌 이 길

가슴속에서는 자연이 뛰놀고
마음속에서는 평화가 숨 쉬고

매일 걷는 오솔길
존재의 옷 벗어버리고
시간의 벽 뛰어넘고

자연과 교감하면서
나로부터 해방되고
나와 소통을 하면서
우주를 영접하는 길

구원으로 가는 길

나의 계산법은

터미널

- 소양강 호숫가에서

안개가 자욱하게 내리고
바람이 스산하게 스쳐 가는

호숫가 터미널

만나고 헤어지는 사람들
즐거움과 아쉬움이 교차하고
사람들이 오가는 길목에서
스토리가 흐르고 있는

인생 정거장

외로움 신고 떠나가는 배
그리움 찾아 들어오는 배
흐르는 물결 따라
희비 쌍곡선이 교차하는

인생 축소판

시간은 강물 따라 흐르고
사연은 배에 실려 떠돌고
흘러가는 구름처럼
동서남북으로 흩어지는

인생 십자로

하늘이 내려와 영접을 하고
구름은 산기슭에서 유혹하고
바람은 가슴속으로 스며들고
커피잔 속에 투영되는

인생 파노라마

터미널은 오늘도 강물 위에서
많은 스토리를 써 내려가고 있다

나의 이야기까지도

나이?

- 묻지 마세요

나는 매일 둘레길 걸으며
경전을 암송하듯 되뇐다

'나는 영원한 청춘이다'

평생 대학생들과
일상적으로 교류하면서
항상 20대에 머물고 있는
내 정신연령

아름다운 착각 속에서 살고

설날에는 떡국 먹지 않고
생일날에는 미역국 사양하고
나이를 세지 않기 시작한 때부터
나이는 멈춰 있다

나의 자산은 남아있는 시간뿐

나이는 단지 숫자에 불과하고
아직도 내 마음은 청춘이다
항상 무한도전을 시도하고
새로운 스토리를 엮어가니

지금도 뜨거운 열정 타오르고

저 일몰 바라보며 걷는 길에
늦가을이 스쳐 가고 있을 뿐
아직도 못다 한 그리움
길 위로 끌어내니

나의 여행은 현재진행형이다

싶을 뿐
- 시 습작을 하며

새벽에 시 습작을 한다

조용한 장막 속에서
고독을 옆구리에 차고
언어를 무기로
나와의 전쟁을 펼치며

시상이 떠올라 습작을 하면
논리로 가버리고
살아온 스토리가 없어
은유는 되지 않고

시가 아니면 어떠랴
인생을 노래하고 싶을 뿐

시 습작을 해보지도 않았고
천부적 소질도 없는 사람
시를 쓰며 언어와
힘든 싸움을 벌이고

시가 안 되면 어떠랴
시와 함께 놀고 싶을 뿐

구름과 함께 흐르면서
사진 찍고 시 습작하며
자연과 동화되니
내가 곧 시가 된다

시인이 아니면 어떠랴
시인처럼 살고 싶을 뿐

시로 가는 길 멀기만 하고

남은 생은 시와 함께 놀면서
일몰로 떠 있다가
저 산을 넘어가고 싶을 뿐

'시여, 침을 뱉어라'*

    * 김수영 시인의 연극 명

Ⅱ. 구름처럼 인생도

지금은 여행 중

서울역 대합실에서
우연히 만난 제자
인사를 건넨다
'교수님 어디 다녀오세요'
조건반사적으로 하는 대답
'지금은 여행 중이네'
시를 건져 올리려고
거리를 헤매다가
새로운 것 눈에 들어오면
카메라에 담고
피곤해지면 카페로 들어가
커피 한 잔 마시면서
시상을 가다듬고
모든 짐 내려놓고
구름 따라 걸으며
세상을 떠돌고 있는
지금 나에게는
'인생은 여행이고 세상은 길이다'

집을 나서면 여행이 되고
길 위에서 세상을 만난다
일몰처럼 붉게 태우면서
저 산을 넘고 있는 오늘
바람에 흔들리며
하늘을 흐르고 있는
구름 닮아가는
나의 실존이다
언제까지 머물지 모르는 채

지금 이 순간
- 도봉산 기슭의 한 카페에서

병원에 다녀오면서 약속 장소로 몸을 옮기는 동안 한 카페에 들어가 커피를 마신다 창가에 붙어있는 긴 테이블 앞에 앉아 사람 숲속에서 행복에 관한 책을 읽고 있다 행복이 커피 향을 타고 온몸으로 스며든다 곰곰이 씹으며 마시니 그 의미가 전신으로 퍼져나간다 오늘도 살아있음에 감사하며 세상을 건너가니 순간순간 사이로 행복이 흐른다 '카르페 디엠' 지금 이 순간을 즐겨라 구원은 지금 이곳에 있다 행복에 취한 마음 식히기 위해 창밖으로 눈을 돌린다 도봉산 자락에서 바람결에 춤추고 있는 나무를 보니 내 가슴도 흔들린다 떠돌고 있는 뭉게구름 따라 내 마음도 흐르고 영원보다 중요한 건 순간이고 가장 중요한 순간이 '지금 이 순간'이다 저 흐르는 구름 바라보면서 나는 마음껏 행복을 마시고 있다 '기쁨이 가득한 곳 이곳이 천국이요 고통이 가득 찬 곳 이때가 지옥이다' 지금 이 순간 이곳이 천국이다 살아서 가는 천국 여기서 영원의 옷자락을 붙잡고 오늘을 건너가고 있다 내 영혼을 붉게 태우면서

거울

구름은 거울이다

구름에 반사되면
세상의 모든 것
다 비치는

인간의 도리
세상의 원리
우주의 법칙

육신의 눈이 뜨이면
볼 수 있고
영혼의 눈이 뜨이면
읽을 수 있는

인생의 모든 것
보여주고 있다

흐르며
춤추며
성내며
침묵으로
행위예술 펼치면서

지금은 내 안에 있다

구름의 속성
구름의 교훈

구름 쳐다보고 걸으면
어느덧 구름이 된다

자화상

- 전자담배를 피우는 모습

(이스탄불의 갈라타 다리 아래 한 카페에서
밤늦게 물 담배 '나르길래'를 즐기며)

어둠 속에서 욕망이
연기로 피어오르고 있다
탱고의 리듬을 타고
가장 연하고 향이 좋은
라일락 향기의 물 담배
담뱃대처럼 길게 물고
여행의 맛을 담은 사진

낭만의 증거로 남기기 위해
일탈을 모험하며 찍은
나의 자화상이다
나의 오늘을 태워가며
저 연기 속에 증발시키고
스토리를 만들고 있다
터키에서의 나의 자유여행
천년의 시간을 거닐며
자화상은 안 찍는다는
자신과의 약속을 깨고
낭인이 되어
어둠의 맛을 내뿜고 있다
흐르는 파도 소리에 기대어
달콤하고 짜릿하게
순간에서 영원으로 가는
징검다리를 건너가며

멍!

– 자월도 목섬에서

(구름다리로 연결되어 있는 조그만 섬에서
 아득한 수평선 바라보고 바닷속 나를 내려다본다)

푸른 하늘 바다에 마실 와서
즐겁게 랑데부하고
구름은 바다로 내려와
길게 누워 안식을 취하고

낮잠을 즐기는 바다
걸음을 멈춘 잔잔한 바람
잠시 졸고 있는 하얀 파도
넋 놓고 바라보는 나

멍!

순간적으로 덮친 안개
복잡한 세상사 다 삼켜버리고
신비한 분위기에 취해
몽롱해진 내 마음

지금 이곳은 몽상의 세계

시간은 긴장이 풀려 졸고 있으니
순간에서 영원으로 여행을 하고
하늘은 바다 위에서 놀고 있으니
이곳이 살아서 누릴 수 있는 천국 아닌가

생동하는 자연 속에서
내 마음 갈 길 잃고
미망의 안갯속에서
나를 망각하는 순간

멍!

지금 이곳에 나는 없다

순간에서 영원을 엿보고
이곳에서 천국을 맛보니

때로는 멍하고 싶다

Ⅲ. 구름 아래 세상은

뭉게구름
- 터키 카파도키아에서

넓은 하늘 바다에서
저처럼 모습 변하며
흐르는 뭉게구름
순간순간의 실존이야

굴곡 많은 세상 길에서
구름 쳐다보며 걷는 인간도
시간 속에서 흐르는
순간순간의 실존이야

저 뭉게구름처럼

바람 따라 흐르는 구름
시간 따라 흐르는 인생
짧은 순간 누리며
덧없는 삶 이어가고

잡으려 해도 잡을 수 없고
지키려 해도 지킬 수 없는
지금 이 순간
모든 존재의 실존이야

순간순간의 실존

이것이 구름이고
이것이 인생이야

낚시

- 한강 변에서

구름 타고 흐르는 시간
힘껏 매달려 있는 저 사내
강물에 마음 적시며

자신의 그림자 당기고 있다

배경인 사람들
무대인 강물
효과음을 내는 바람

고독은 낚싯밥이 되고

강물 속에서 건져 올린
그리움으로 안주를 삼고
추억으로 양념을 해서

인생이란 술을 마시며

세상의 짐 다 내려놓고
마음의 평화를 누리며
영혼을 건져 올리는

성스러운 작업이고

지금 이 순간
자신을 망각하면서
가슴속에 천국을 건설하는

저 사내

흐르는 강물에서
천국을 낚시질하고 있다

구름다리

- 통영의 한 섬에서

푸른 바다 위에서
허공이 받혀주는
출렁이는 다리
건너가고 있는 저 주인공

무거운 짐 지고 홀로

하늘은 너무 아득해서
쳐다보지 못하고
바다는 너무 무서워서
내려다보지 못하고

바람만이 동행할 뿐

다리는 출렁출렁
가슴은 두근두근
짧은 다리
왜 이처럼 멀까

굽이굽이 인생길처럼

지금도 그 모습
항상 내 머릿속에 머물고
인생길 두려운 마음으로
조심조심 건너가고 있다

저 주인공처럼

꽃의 천국
- 꽃집을 지나며

꽃들이 어깨동무하고
나란히 늘어서서
봄 노래를 합창하고 있다

라일락 진달래 개나리…
다른 향기를 내뿜으며

꽃 살피느라 여념이 없는
여주인도 창문 안에서
한 송이 꽃으로 피어나고

꽃을 바라보는 여인도
한 송이 꽃으로
꽃집을 장식하고

꽃 사진 찍고 있는 여성도
한 송이 꽃이 되어
거리 위에 머물고

지나가는 봄도
꽃이 되어
꽃집에서 놀다 가니

이곳이 꽃의 천국이다

나도 한 송이 꽃이 되어
꽃집 앞에 함께 서 있고

질문
- 정동진 바닷가에서

(1)

왜 지금 이곳 바닷가에서 걷고 있지
질문을 던지면서
구름 쳐다보며 걷고 있는 바닷길

걷다 보면 밟히는 것이 질문이다

은퇴하고 나면 모든 질문으로부터
은퇴할 줄 알았는데
질문은 그칠 줄 모르고 계속되고

'우물쭈물하다가 이렇게 될 줄 알았지'*

지금도 어디로 가고 있느냐고
인생이 질문을 던지고
구름도 질문을 홀리면서 흐르고

산다는 것 자체가 질문의 연속이니까

(2)

인생이란 질문을 풀어가는 과정
누구에게나 걸맞은 답은 없으므로
자신이 선택한 길로 걸어가는 수밖에

살아가는 과정에서 의미를 찾고
살아가는 과정을 즐기면서 살고

의미 있게 산다는 것은
질문을 던지며 살아가는 것
삶의 지혜를 얻고 나를 완성하며

인생은 죽을 때까지 진화하는 법

(3)

지금 이 순간도
파도 소리 들으면서 질문을 던지며
뚜벅뚜벅 걷고 있다

어떻게 아름다운 발자국 남기고 가지

저 멀리 수평선 바라보고
모래사장 거닐며

나는 다시 태어난다

　* 버나드 쇼의 묘비에 쓰여 있는 글귀이다.

Ⅳ. 창문 너머로 구름이

나의 놀이터

매일 출근을 한다
맨손으로 걸어서
나만의 놀이터로

출근 시간은 오전 10시
걸리는 시간은 단 3초

가득 포위하고 있는 책들
손길을 유혹하는 두 대의 컴퓨터
작업의 결과물을 기다리고 있는 복사기

이곳에서 혼자 놀고 있다
이 놀이기구들 가지고

창문을 활짝 열면
함께 놀자고
나의 놀이터로 몰려 들어오는

저 높이 떠 있는 푸른 하늘
흘러가며 손짓하는 흰 구름
말을 걸어오는 푸른 산

과거는 일터
지금은 놀이터

나와 다른 내가 만나고
우주여행을 하고
신의 영역을 넘나드는

나의 아방궁

이 공간에서는 내가
작가다
왕이다
신이다

순간을 영원으로 이끌고
존재에 의미를 입히면서

오늘을 건너가고 있다

간이역(驛)

- 도봉산 아래서

오늘도 구름 쳐다보며
산속 오솔길을 걷는다

하늘 무대 쳐다보면
여러 가지 연기를 펼치며
내 마음 위로해주는

간이역

시시각각 흐르면서
희망으로 떠 있고
그리움으로 다가오는

간이역

내 마음 항상 바라보면서
영원한 안식 찾아
하늘나라로 올라가는

간이역

나도 간이역이 되어
푸른 하늘에서 떠 있고 싶다
사람들이 쉬어갈 수 있도록

저 구름처럼

벽화

시멘트벽 위에 그려진
한 폭의 추상화
눈비와 바람이 붓이고
시간의 손길로 그려진
자연의 작품
비움의 미학을 이루고 있다
어느 작가의 추상화보다
더 섬세하고
어느 해설가의 설명보다
더 의미가 깊은
손길이 닿지 않은
순수한 아름다움 속에

많은 의미가 담겨있고
출렁거리는 울림
감히 따라갈 수 없는
나의 붓대
저 화폭 속으로 들어가
하나의 점으로 찍히고 싶다
나의 거울이 되어
저곳에 서 있는 벽화
때로는 뜨거운 태양 받으며
때로는 비바람 견뎌가며
화폭의 맛을 쌓아가고
벽화의 멋을 끌어올리며
익어가고 있다
한 폭의 그림으로

출렁출렁

- 감악산 출렁다리 위에서

사람들 건너가는 다리
마음의 무게 실려
발걸음 옮길 때마다
공중에서

출렁출렁

산속 가득한 안개
이곳저곳으로 헤매면서
뛰어다니는 모습
눈 속에서

출렁출렁

안갯속으로 숨어버린 산
세상 훔쳐보느라
눈동자 굴리니
가슴속에서

출렁출렁

안갯속에서 놀고 있는 자연
바라보는 내 마음
신비함에 취하니
머릿속에서

출렁출렁

북녘 하늘 쳐다보는 내 눈
언제 가볼 수 있을지
기다리는 소망
마음속에서

출렁출렁

출렁다리 위에서 보이는 세상
모두 내일을 바라보며
그리움 향하고 있어
온몸으로

출렁출렁

방콕 여행

나의 놀이터에서만 놀고 있다
'코로나 19'가 선물한 방콕 여행

창문이 유일한 소통의 창구

내 가슴속에서는
갇혀있는 그리움이 뛰놀고
내 머릿속에서는
우주가 율동하는 것이 보이고

나를 만나며 고독의 붓으로
인생을 노래하는 방콕 여행

더 경제적이고
더 심층적이고
더 창조적이고

매일 구름 쳐다보고 걸으며
자연과 소통하고
나를 만나는 여행

우주의 공간을 넘나드니
사유의 영역이 넓어지고
영원의 시간을 탐색하니
순간의 영역이 길어지고

靜 속에서 움직임을 보고
動 속에서 고요함을 듣는

'여행'*

나도 저 구름처럼
가볍게 흐르며
세상을 건너가고 싶다

'코로나 19' 덕분에

   * 여행이란 '여기서 행복하라'의 줄임말이다.

제2부

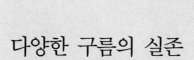

다양한 구름의 실존

구름과 함께 걸어가며
대화를 나누고
치유를 받고
인생의 교훈을 얻으며
오늘을 건너가고 있다

구름은 온몸으로 보여준다
한번 왔다가 가는 인생처럼
끊임없는 흐름과 무쌍한 변화
그것이 실존과정이고
존재의 의미임을

마침내 비가 되고 눈이 되어
지상에서 산화해버리는 구름
그 종점은 무의 세계
공중에서 하염없이 떠돌다가
본향으로 돌아가는

Ⅰ. 구름을 닮은 인생, 길

바닷가 구름
- 정동진 바닷가에서

바닷바람에 취한 듯
푸른 하늘 무대 위에서
여러 모습으로 몸짓하며
메시지 전하는 저 구름

그 주제는
자유다
평화다
행복이다

내 마음은 구름처럼
하늘 무대에서 뛰놀고
내 가슴은 파도처럼
구름 타고 출렁거리고

수평선 바라보고 걸으며
온몸으로 느끼는 자유로움

모래사장 걷고 있는 지금
마음속에는 평화가 깃들고
바람 속을 거닐며
행복을 딛고 건너가는 해변 길

나의 해방공간이다

오늘을 건너가며
자연 속에서
나만의 천국을 건설하는
지금 이곳

구원으로 가는 길이다

느림의 미학

- 청산도에서

섬을 가로질러 올라가는
꼬불꼬불한 고갯길
섬의 호위병으로 길게 누워있는
범 바위로 가는 길

하늘이 산 정상까지 내려와
반갑게 맞이하고
양쪽 길가에 늘어서 있는 벚나무들
활짝 웃는 얼굴로 길 안내하고

따스한 햇볕 아래서
시원한 바람 맞으면서
웅장한 파도 소리에 발맞추어
산허리 돌아가며 걷는다

느린 걸음으로

한 노인이 세월의 무거운 짐
꾸부러진 허리에 차고
지팡이에 의지하여
정상을 향하여 오르는 길

인생길처럼 꼬불꼬불한

파도 소리에 기대어 홀로 서 있는
붉은 옷으로 치장한 느림 우체통
편지를 부치면
일 년 후에나 도착한다는

섬 전체에 흐르는 느림의 미학

하늘은 낮잠을 즐기고
구름은 바다 위에서 머물고
바람도 쉬었다 가는
망중한의 오후를 걸으면서

나도 섬이 된다

시간은 느린 걸음으로
섬을 건너가고
나도 느린 걸음으로
인생을 건너가고

푸른 소망

- 설악산 대청봉에서

마음껏 율동하는 하늘
하얀 그리움으로 쌓아 올린
바위산 저 너머에서

고공행진을 하고

구름은 드높이 흐르면서
그리움 나누는 동무가 되고
마음의 평화를 선물하며

그녀의 소망 실어 나르고

바람은 시시각각
사방으로 흐르면서
시간 저 너머로

그녀의 꿈을 유인하고

푸른 하늘 무대에서
뭉게구름과 그녀의 가슴
이어주는

그리움이 정처 없이 뛰놀고

그리움에 흠뻑 젖은 마음
구름으로 말리고
자연 속에 외로운 마음
바람으로 씻어내고

저 푸른 하늘 무대에서
그리움 타고
정처 없이 흐르는

그녀의 푸른 소망

구름과 함께
바람과 함께

그림자?

- 한강 변에서

강물은 출렁출렁 흐르고
그 물결 위에 떠 있는
수많은 그림자들

하늘은 물속에서 춤추고
구름도 덩달아 흔들대고
빌딩들도 누워서 발버둥 치고

내 그림자도 함께 출렁거린다
외로움 가슴에 안고
그리움 마음에 품고

새들은 그림자 떨구며 지나가고
까치가 물고 온 그리움 한 조각만
강물 위에서 배회할 뿐

그림자들은 띠내려가지 않으려고
허공을 붙잡고
온몸으로 바둥대지만

시간은 강물 타고 흐르고
강물은 시간 따라 흐르고
물결 위에서 흔들리는 그림자들

내 그림자도 함께 떨고 있고

그 안에서
내 몸은 흔들리고

그 밖에서
내 마음은 떠돌고

돌산대교

- 여수에서

낮에는 민낯을 하고 서 있던 그녀
밤이 되니 짙게 화장하고 누워있고

시시각각 화려한 속옷으로 갈아입으며
지나가는 길손들에게
유혹의 손길 흔들고 있는 그녀

그녀의 몸통 위에서 걸으니
어둠을 진동시키는 거친 숨소리
내 가슴도 출렁거리고

그녀의 다리 위로 열려 있는 길
시간을 건너며
내일을 잉태하는 생명의 진원지

카멜레온처럼 변장하는 그녀
몸통 위를 오가며 비디에 거 기울이니
내 마음도 파도처럼 출렁거리고

그곳은 어둠에서 빛을 발산하는 공간
그때는 밤에서 내일로 건너가는 순간

내 발걸음은 순간을 딛고
영원을 향하여 걷고 있었다

크레이지 호스 파리*

막이 오르자 등장하는 여성 무용수들
크레이지 걸 12명
상의는 벗어젖히고
아랫도리는 T팬티로 아슬아슬하게 숨기고
높은 하이힐 위에서 타오르고 있다
불빛이 누드 위로 이동하니
율동이 빚는 선율
무대를 화려하게 장식하고
관객들의 눈길도 따라서 흐르고
여체를 화필 삼아 빛으로 그린 그림
가슴과 골반으로 쓰는 시
프랑스에서 온 '19금'은 율동을 한다
옷을 벗기고 예술을 입힌
누드 아트 쇼 크레이지 호스
열정적으로 춤추고 있다
외설과 예술 사이에서

* 크레이지 호스(Crazy Horse)는 1951년 프랑스 파리 조르주 생크가에 있는 한 전용 카바레 극장에서 처음 공연된 '누드 아트 쇼'다.

Ⅱ. 그리움은 구름의 날개를 달고

보물창고

여러 색깔의 사연 품고
하늘에서 흐르는 구름

보물창고

구름 쳐다보며 걸으면

구름은 거울이어라

투명함 속에
인간사가 다 반사되고

구름은 렌즈이어라

마음을 보고
사랑을 느낄 수 있고

구름은 호수이어라

잔잔함 속에
평화를 찾을 수 있고

구름은 공원이어라

물결 위에서
영혼이 뛰어놀 수 있고

구름은 용광로이어라

눈빛으로
가슴을 불태우고

구름은 구세주이어라

하늘나라로
영혼을 승화시키는

구름 쳐다보고
걷다 보면

나도 구름이 된다

수평선

– 낙산사 바닷가에서

바다 저 멀리서
아련한 몸짓으로
유혹하는

수
평
선

수없이 갔었다
바다로 섬으로
그곳을 바라보기 위해
그곳에 도착하기 위해

상상 속에서 마음만 뛰고
파도 소리에 가슴만 출렁일 뿐
가도 가도 다가오지 않고
목적지에 도달하면 사라지는

수평선

어느 날 내 가슴속으로
바다가 홀연히 들어오니
파도처럼 출렁이는 수평선
비로소 보이는 그 실체

　　　그
　　리
움

내 인생길 이끌어주었고
내 삶의 원동력이었음을 깨닫는 순간
내가 느끼는 해방감
내가 누리는 자유로움

비로소 도착한 수평선 이제는

내 마음속 수평선 바라보기 위해
출렁이는 바다로 떠나고
내 마음속 섬을 걷기 위해
머나먼 섬으로 간다

거기서 너를 만난다

'아직도'

- 그 실체는

아직도 그리고 있는 섬
마음속에 둥둥 떠돌고 있다

밤 바닷가 거닐며
두 마음 하나 되어
천국의 문 두드리며
추억을 엮어가던 섬

'아직도(島)'

검은 커튼 내린 바닷가
무대를 뒤덮은 밤안개
힘차게 연주하는 파도
두 마음 하나 되는 순간

바다는 철썩철썩
바람은 흔들흔들
마음은 출렁출렁
몸짓은 들썩들썩

실연시간은 짧고
추억은 영원한 것

'사랑하는 사람들에게 시간은 영원하다'*

순간에서 영원을 낚시질하던
순수한 두 영혼
아직도 시간의 흔적 더듬어가며
그곳을 그리고 있는

'아직도'

   * 셰익스피어, 베니스의 상인에 나오는 구절.

ㅂ.ㄱ.ㅅ.ㄷ.
- 한강 변의 한 산 정상에서

새벽어둠을 뚫고 날아든 메시지

'ㅂ.ㄱ.ㅅ.ㄷ.'

암호 같던 문자
순간적으로 읽어내고
날려 보낸 답장

'B.G.S.D.'

축지법을 사용해서
달려간 약속 장소는
산 정상

지붕은 푸른 하늘
나무로 둘러싸인 벽
깔려있는 풀 침대

그 순간 우주의 중심은
이곳으로 이동하였고

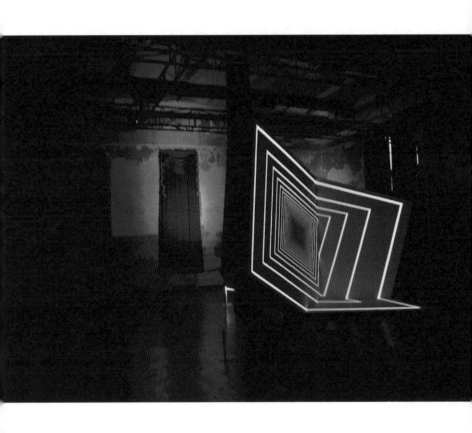

자연의 축복 속에
풀고 있던 고차방정식

1+1=1

태양이 불태우는 정열
출렁거리는 대지의 몸
강물이 내뿜는 신음소리

역사는 낮에도 이루어진다

그곳이 산상에 건설된 천국
그때가 살아서 누리던 천국

아직도 내 가슴속에서
뛰놀고 있는 추억의 메시지
바람에 실어 날려 보낸다

ㅂ. ㄱ. ㅅ. ㄷ.

구름이 산증인이다

사랑이냐 불륜이냐

- 영화 '매디슨 카운티의 다리'를 보고

지붕 있는 다리 사진을 담기 위해 온
사진작가
단조로운 일상을 보내고 있는
가정주부
우연한 만남인가
운명적인 만남인가
남편이 출장 중인 3일 간
고독을 불사르는
두 사람의 뜨거운 육체적 대화
선망의 대상이 되고
대리만족을 느끼는 관객들
사랑과 결혼이 충돌하는 사이에서
관객의 시선 출렁거리고
함께 떠나자고 청하는 사진작가
가정을 지키기 위해 거절하는 주부
사랑의 아쉬움을 뒤로하고
홀로 길을 떠나는 사진작가
가정이란 현실을 받아들이고
그녀의 선택을 존중하며
인간의 근원적 고독
존재와 가치 사이의

공백을 메우려는 욕망
금지된 일탈에서 더 쾌감을 느끼는
인간의 본성
역사를 뚫고 건너온
풀리지 않는 영원한 숙제
사랑과 불륜 사이에서
욕망은 항상 춤추고 있고
누구에게나 혼외정사는
내로남불

Ⅲ. 저 하늘에도 외로움이

보헤미안

구름 쳐다보고 걸으며
하염없이 흘러온 나
집 없이 떠도는 길손처럼
바람이 이끄는 대로

저 구름처럼

'인간은 노력하는 한 방황하는 것이다'*

젊은 날 읽은 괴테의 파우스트
인생의 좌표로 삼고
말년에는 파우스트와 같은 작품
남기고 싶다고 다짐하면서

파도가 일렁이는 바닷가에서
걸어온 길 돌아보니
발자국이 남긴 흔적
꼬불꼬불하기만 하고

구름보다 더 높게
하늘을 비상하려고
세상을 이곳저곳 떠돌다가
마침내 도달한 곳

지금 이곳 바로 나다

구름은 하늘 바다 떠도는
낭만적 보헤미안
인생은 세상 길 헤매는
미망의 보헤미안

찾아가는 최종 목적지는
無의 세계
그곳으로 가기 위해
오늘도 바닷가를 헤매고 있다

디룽거리면서

두 그림자

- 정동진에서

바닷가 모래사장에서
햇빛을 보듬고 함께 누워있는
두 그림자
나무 한 그루와 나

파도가 연주하는 교향곡 들으며

멀리 바다를 넘겨다보며
두 마음 수평선을 쫓고 있지만
하늘과 바다가 랑데부하는 곳
가도 가도 만날 수 없는

부재의 자리

바람결에 가슴 조이며
흔들리고 있는 두 그림자
파도 리듬에 맞추어
고독을 합창하고 있고

사람들은 듣고 있는지

돌아서면 사라지고
해가 지면 자취 감출
두 그림자의 숙명
시간의 수레바퀴 붙잡고

바람결에 흔들리며 나란히 서 있다

모든 존재는 고독하다는 걸
모든 실존은 잠깐이라는 걸
침묵으로 외치며
둘이서 홀로 서 있는 모습

두 그림자의 존재 이유다

구름은 멀리서 길게 누워
내려다보고 있는 산증인

빈 잔

- 팔당의 한 카페에서

우뚝 서 있던 푸른 산자락
커피잔 속에 눕는다
살며시 강을 건너와
몸을 움츠리고

누드가 되어

저 멀리 구름으로 떠 있던
새하얀 그리움도
홀연히 내려와
커피잔 속에서

함께 몸을 섞는다

넘어가는 햇살 붙잡고
출렁거리며
열정적으로 몸을 섞던
찻잔 속 그 순간

극락 아니면 천당

커피를 다 마시는 순간
함께 머물던 산 그림자
강바람 타고
매정하게 어디론가

소리 없이 사라지고

그리움만 홀로 남아
빈 잔 속에서
하염없이 맴돌고 있다
허공을 붙잡고

내 마음 읽었는지

나도 내려다보며
빈 잔 속에서
그리움 붙잡고
허공을 더듬고 있다

하염없이

땅끝 탑

- 해남 땅끝마을에서

땅끝과 바다의 시작
헤어질 수 없는 만남
함께할 수 없는 이별인
부조리한 지점에

외롭게 서 있는 땅끝 탑

누구를 그토록
애타게 기다리고 있는가
땅끝에 홀로 서서
바다만 바라보며

애절하게 유혹하고

무슨 까닭 있어서
간절하게 기다리고 있는가
뜨거운 햇볕 아래서
날이면 날마다

가슴 태워가며

무슨 사연 있길래
처절하게 기다리고 있는가
온몸으로 비 맞으며
밤이면 밤마다

마음 적셔가며

아무런 소식도 없는데
애타게 기다리고 있는가
우렁찬 파도 소리에
가슴 조이고

마음 설레가며

아득하기만 해서
보이는 듯 안 보이는 듯
저 멀리서 수평선이 손짓하고
파도가 치마폭 들썩이며

뜨겁게 유혹하지만

오늘도 부처처럼 앉아서
소식만 간절하게 기다리며
무거운 침묵으로
소망을 노래하는

그대는 '고도'*인가

나를 닮은

　* 베케트의 소설 '고도를 기다리며'의 주인공 이름.

고 독
– 독일 화가 팀 아이텔의 개인전을 보고

고독을 주제로 한 미술전시회
묻고 물어 찾아간 전시장
관람객이라곤 나밖에 없는
조그마한 조용한 공간

고독과 함께 관람을 한다

혼자 글을 쓰는 여학생
홀로 언덕을 올라가는 청년
풀밭에서 혼자 걸어오고 있는 여성
들판에 홀로 서 있는 노인

우울한 모습의 소외된 인간상들

주인공은 하나같이 혼자
감상하는 사람은 나뿐
어둠침침한 작은 전시장
고독으로 가득 차 있으니

나도 고독의 중심에 서 있고

'멀다. 그러나 가깝다'
관람객에게 해석의 여운을 남기는 주제
혼자일 때 더 많은 것을
이야기할 수 있다는 그의 생각

가슴속에서 깊은 파문을 일으키고

고독의 골짜기를 헤매다가
모든 존재는 혼자라는 걸
온몸으로 확인하는 순간
그림 속으로 관람객을 유인하며

자신과의 만남을 끌어내고

고독을 불태우며
고독의 붓으로 그린 고독
작가의 고독과 나의 고독이 만나
고독을 불사르고 있는 전시장

고독은 훨훨 타오르고 있었다

Ⅳ. 무엇이 되어 내리는가?

안개 천국

– 자월도의 아침 풍경

바닷가 떠돌던 흰 구름
안개 옷으로 갈아입고
섬 전체를 오롯이 품었다
걷고 있는 사람들도

바라보는 내 마음까지도

흰 장막 속에 갇힌 섬
하늘은 안개 지붕 위에 숨고
바다는 안개 이불에 파묻히고
산도 안개 품속에 안기니

섬 전체가 온통 안개다

가끔 안개의 적막을 깨는 매미 소리
이따금 까치 소리와 화음을 이루고
멀리서 다가오는 뱃고동 소리
한 파트 맡아 바다의 교향곡 연출하고

지휘자는 보이지 않지만

자연의 교향곡 리듬을 타고
안갯속을 헤쳐 가며
정상으로 올라가는 길
잘 보이지 않고 꾸불꾸불한

인생길 복기하는 기분이다

짙은 안개 속에서도
영의 눈 열리면 보이는
산으로 올라가는 길
세상을 건너가는 길

그 아득함까지도

안개 자욱한 산속에서
자연이 흐르는 소리
시간이 지나가는 소리
감상하며 산 정상에 오르니

이곳이 안개 천국이다

저녁노을

붉은 치맛자락 펄럭이며
성큼성큼 산기슭으로 내려와
많은 사연 불태우며
하늘 붉게 물들이는

저
　녁
　　노
　　　을

마지막 소망 불쏘시개로
자신을 불태우며
세상을 붉게 물들이다가
저세상으로 떠나는 순간

바라보는 사람들
마음마저 달구며
무지개처럼
저녁 하늘에 걸려 있는

저
녁
노
을

나도 저녁노을이 되어
마지막 열정 다 불사르며
하늘 저 높이 떠올라
세상을 붉게 밝히다가

저 산을 넘어가고 싶다

내 가슴 식을 때까지
내 에너지 다할 때까지
내 그리움 풀릴 때까지
저 산을 넘어갈 때까지

이 늦가을에

물속 그림자

- 백양사 아래로 흐르는 냇가에서

흐르는 도랑물 속에서
뛰놀고 있는 우주
가을 떠날 준비를 하면서
바쁘게 움직이고

머리를 묻고 위엄을 뽐내고 있는 산
안과 밖에서 대칭을 이루고 있는 나무들
흩어져 누워있는 풀들
자리를 함께하는 돌들

그림자들이 향연을 벌이고

푸르고 깊게 떠 있는 푸른 하늘
물속에서 함께 흐르는 구름
바람결에 다 흔들리고
지나가는 새 한 마리 그림자 떨구고 가고

가을이 도랑물 속에서 무르익고

실물보다 더 아름다운 그림자
물속에서 다른 세계를 연출하고
그림자 그 너머로
우주의 정신이 깃들어 있는 듯

흔들리며 보여주는 신비함

유유히 흐르는 도랑물
산들바람에 흔들리는 그림자
지나가는 길손들의 눈 사로잡고
마음마저 흔들어놓고

그 속에 길게 엎드려 있는 나

물속 우주 나를 쳐다보며
뜨겁게 유혹하니
내 발길은 멈추고
내 마음은 흔들리고

지금도 그 모습
가슴속에서 출렁거리고

첫눈

초겨울 옛 추억 돌아보며
걷고 있는 덕수궁 돌담길
때마침 내리는 첫눈
추억을 싣고 내리고

내 가슴속으로 사뿐사뿐

온몸으로 율동하며
분분하게 내려오는 눈발
내 가슴속에서도
첫사랑의 추억이 내리고

스크린을 돌려놓은 것처럼

바람 타고 어지럽게
허공을 맴돌면서
내려오는 눈발 사이로
저 멀리 아련하게

그대 모습 떠오르고

속삭이듯 살금살금 내려오며
이승으로 건너오는
그대 음성에서
못내 건네지 못한 사연들

허공을 더듬고 있고

세상을 순백으로 물들이는
성스러운 작업
내 속으로 스며들어
첫사랑의 추억까지도

하얗게 물들이고

나도 첫눈으로 내리면서
그대 가슴속에
영원한 사랑으로 스며들고 싶다
미완의 여백 메우기 위해

오늘도 꿈을 꾸며

회상

– 아카데미하우스 '구름의 집'에서

비가 내리고 있는
처음 해후했던 그 자리

함께 추억을 엮어가다가
어느 가을날 낙엽 밟으며
멀리 떠나버린 그 사람

천국과 지옥을 오가게 하고

돌아보면 그리움이
안개처럼 피어오르고
못다 한 사연은
빗물처럼 흘러내리고

비 내리는 구름다리
우산도 안 받고 건너가니
메말랐던 가슴
촉촉하게 적셔오고

이제는 수평선처럼
저 멀리 떠 있을 뿐

바다를 건너도 닿을 수 없고
섬을 찾아가도 볼 수 없는
먼 곳에 머물고 있는 그림자
추억 속에서 흔들리고

비 내리는 산 바라보며
그 시절 회상하니
추억 속 스토리
마음속에서 안개처럼 헤맨다

구름은 바람 타고 흐르고
추억은 구름 타고 흐르고

제3부

계절 따라 흐르는 구름

구름 모습 계절 따라 다르고
구름 의미 계절 따라 바뀌고

네 계절 구름 따라 걸으면서
사진 찍고 시 습작하니
구름보다 빠르게 흐르는 세월

자연의 네 계절은 돌고 돌지만
인생의 계절은 한번 지나가면
다시 올 줄 모르고

시간은 바람 타고 흐르고
인생은 시간 타고 스쳐 갈 뿐

Ⅰ. 봄이 오는 길목에서

노랑나비

– 자월도에서

노랑나비 한 마리
봄을 배달하고 있다

두 날개 위에 봄소식 싣고
팔랑팔랑 날갯짓하면서
날렵한 몸짓으로
바닷가 산길 따라

나와 동행을 하면서

인적 없는 바닷가
산속 오솔길에서
따스한 햇살
솟아오르는 새싹

봄을 건축하고 있다

생동하는 무대 위에서
관객도 없이
공연은 계속되고 있다
주인공은 나비

나는 엑스트라

저 멀리 구름에 걸려 있는
그리움에 유혹되어
바다의 교향곡 들으며
나비와 함께 걷는 동안

나도 섬을 날고 있었다

하늘이 슬그머니 입장하니
무대는 천국으로 변하고
그 순간 천국의 봄이
섬 전체를 삼켜버렸고

이 섬에 나는 없었다

배 밭에서

- 꽃 필 무렵

아파트 단지 내 조그만 공원
하얀 옷 걸치고
봄이 찾아왔다
웃음 활짝 띠고

배꽃이 활짝 피어올라
공원을 새하얗게 물들이고
은은한 향기로
사람들을 유혹하고

빨간 점퍼 입은 저 여성
배 밭에서 봄을 캐며
인생의 하얀 꿈
바구니에 주워 담고 있다

사진에 담기 위해
건너다보고 있는 내 가슴에도
배꽃이 피어나니
어느덧 봄이 율동을 하고

배꽃으로 태어나
배가 되고 싶은 나의 소망
카메라에 담는 내 손길도
배꽃 유혹에 흔들리고

바람에 흔들리며
지나가는 봄도
배 밭에서 향기 마시며
숨 가쁘게 뛰놀고

저 여인처럼

목련

- 3일간의 관찰

봄을 새하얗게 장식하는
목련꽃의 화려한 행차
고작 3일간의 여행인가

화무십일홍(花無十日紅)이라

그제는 흰 꽃 몽우리들
가지 위에
몽실몽실 달려 있더니

어제는 활짝 핀 꽃들
가지마다
벙글벙글 웃고 있다가

오늘은 시들은 꽃송이들
가지에
겨우겨우 매달려 있고

내일은 땅 위에
어지럽게 흩어져
뭉클뭉클 밟히고 있겠지

봄바람과 씨름하며
가지 위에 매달려
알몸으로 시위하는

목련꽃의 일생

미화박명(美花薄命)이런가

시간의 수레바퀴 타고
목련 나무 위에 피어난
자연의 섭리

자연계의 사신(使臣)

저 꽃 바라보며
자연의 숨결 느끼니
나도 목련이 된다

나팔꽃

밤새 어둠 뚫고 나와
붉은 미소 머금고
세상을 향하여 외치는
나팔 소리 웅장하다

어디서 숨어 있다가
얼마나 기다리다가
수줍은 모습으로
홀연히 나타나

가시밭길 휘감으며
뻗어 오른 선인장 위에
우뚝 솟은 붉은 악기
새벽잠을 깨운다

가냘픈 악기지만
이른 새벽에
내뿜는 메시지
붉고 강렬하다

'모든 생명은 신비하고 아름답다'

신들리게 곡예를 하듯
허공에서 매달려
온몸을 뒤틀어가며
꽃뱀처럼 기생할지라도

자연의 합창 소리

- 고대산에서

산에서 흘러내리는
도랑물 가에서
일상의 번뇌 풀어놓고
산자락 깔고 앉아

명상에 잠긴다

물 흐르는 소리
바람 부는 소리
산새들 우는 소리
합창을 하며 내 귀로 스며드는

자연의 합창 소리

눈 감으니 영의 눈 트이고

구름 흐르는 소리
산이 숨 쉬는 소리
나무들이 대화하는 소리
천상의 오케스트라 연주하며
내 가슴속으로 파고드는

자연의 속삭임 소리

자연이 들려주는 비밀
영감으로 받는 선물
자연의 섭리가
마음속에서 협연을 하니

내 가슴도 출렁거리고

지금 내 안에서는
우주가 뛰놀고 있다

Ⅱ. 여름에는 바다로 섬으로

나의 섬

그 섬에서 계속 걷고 싶다
내 안에 있는 섬

때로는 가까이 있고
때로는 멀리 있는

어느 날부터인가
핸드폰이 울리지 않는 순간부터
나와 세상 사이에는 바다가 생기고
나는 섬이 되었다

소통이 단절된 세상
나만이 호젓하게 머물고 있는 섬
전체가 내 공간이고
오롯이 내 시간이고

지금은 바닷가 거닐며
수평선만 바라보고
성난 파도와 씨름하며
신기루를 쌓고 있다

구름 따라 흐르는
푸른 허공 거닐며
나와 다른 내가
은밀한 소통을 하며

때로는 그 안에서
때로는 그 밖에서

조약돌

- 자월도 바닷가에서

바닷가 모래사장 조약돌 하나
밤낮없이 파도와 씨름하며
정좌(靜坐)하고
모래사장 지키고 있다

좌불상처럼

파도에 휩쓸려 내려가면
다시는 돌아올 수 없다는 듯
떠내려가지 않으려고
모래밭을 붙잡고 있는 저 모습

돛 단 배처럼

낮에는 햇빛에 목말라하면서
수평선만 바라보고
밤에는 파도 소리에 귀 기울이며
누구를 기다리고 있는가

등대처럼

홀로 고독만 쌓아가는 조약돌
파도 소리 들으며
입으로는 염불만 하고
가슴에는 그리움 키워가는

석불처럼

아무것도 탐하지 않는 조약돌
내려다보고 있는 순간
나도 조약돌이 된다
오로지 시간만 낚시질하는

강태공처럼

그날 밤 바닷가에서
한 마리 새가 되어
외로움과 그리움 두 날개를 펴고
시간의 바다를 건너가던 나

조약돌처럼

발자국

- 자월도 바닷가에서

꾸불꾸불하게 누워있는
선명한 나의 발자국

아침 바닷가에서
인적 없는 모래밭 거닐며
대책 없이 찍어놓은

말없이 헝클어져 누워있는
긴 발자국 행렬
내 인생의 뒤안길처럼

목적지를 향하여
똑바로 걸어왔지만
꼬불꼬불하게 누워있는

'인간은 노력하는 한 방황하는 것이다'*

저 발자국 속에
나의 과거가 숨어 있고
저 형상 위에
나의 행적이 남아있고

바람 지나가면 흐트러지고
비가 내리면 뭉개지고
파도가 들어왔다 나가면
모두 휩쓸어갈

하늘 쳐다보고
시간만 삼키며 누워있는
저 발자국

그 생명은 순간이고
그 흔적은 잠깐이고

가슴속에서 뛰놀고 있다
인생의 길잡이로

　* 괴테의 '파우스트'를 흐르고 있는 주제임.

연꽃

- 양평 세미원에서

긴 몸에는 녹색 치마 두르고
갈대처럼 몸통 속은 비워놓고
넓은 가슴 펼치고
나란히 서 있는 연꽃들

진흙 속에서 살아도
몸 더럽히지 않고
넓은 치마폭 걸치고도
빗물 담으려고 하지 않고

풍성한 가슴 가지고도
짙은 향기 내뿜지 않고
사람들의 눈길과 부딪히면
얼굴을 붉히기도 하다가

어둠이 내리면
순결을 지키기 위해
가슴을 덮는다
자궁을 닫는다

청결을 생명으로 여기는 성품
비움을 덕성으로 여기는 천성
절약을 생활신조로 삼는 습성
구석구석에 가득 차 있는 그녀

얼마쯤 수련을 하면
저처럼 자유로울 수 있을까
얼마쯤 마음을 비우면
저처럼 풍요로울 수 있을까

내 눈은 그녀의 몸에 묶여있고
내 마음은 그녀에게 빼앗기고
세상을 향하여 보내는
그녀의 메시지에 귀 기울이며

나는 텅 빈 항아리처럼
허허롭게 그녀 앞에 서 있다
지나온 추억 더듬으며
연꽃으로 가득 찬 벌판에서

대나무

- 자월도 바닷가에서

마디마디로 이어져 있는
푸르고 곧게 서 있는 몸

사연이 숨어 있고
아픔이 저려 있고
번뇌가 뛰놀고 있고
삶이 깃들어 있고

어떤 풍상에도 곧게 자라고
어느 계절에도 속은 비워놓고

생을 마감하고도 그냥 가지 않는 길
먹이가 되고
도구가 되고
악기가 되고

마디 없는 인생 어디 있는가
인생의 마디도 보물이다
삶을 떠받쳐 주고
곧은 길로 인도하고

대나무는 바닷바람 맞으며
꼿꼿하게 서 있으면서
세상을 향하여 경종을 울린다

'몸도 마음도 비우면서
마디마디 이어가며
곧게 굳세게 살라'

구름 따라 흐르면서 내 가슴속에
대나무 한 그루 심고 돌아왔다

Ⅲ. 가을이 오면 구름은 하늘 저 높이

나의 가을
- 인천대공원에서

    나의 동산은 지금 늦가을이다 가을이 분주하게 세상을 건너가고 있다 저 구름처럼 코스모스가 세월 따라가며 춤추고 있는 동안 나무들은 귀뚜라미 소리 들으며 겨울맞이할 준비를 하고 있다 구름이 지나간 발자국마다 노란 옷으로 갈아입고 바람이 흘러간 가지마다 빨간 옷으로 갈아입고 단풍은 마지막 순간을 불태우다가 낙엽이 되어 장엄하게 자연으로 돌아간다 미련 남기지 않고 저 호수 속에서 자연은 몸을 적시고 있고 가을을 건너가느라 내 마음도 우수에 젖고 있다 자연에는 다시 봄이 돌아오는데 인생의 봄은 다시 돌아오지 않으니 나의 가을은 세상과의 이별을 준비해야 할 허망한 계절이다 사랑 위에도 가을이 오고 소망도 낙엽처럼 떨어지고 그러니 이 가을을 더욱 아름다운 계절로 장식해야 하리 남은 시간과 에너지를 다 퍼부어 붉게 타오르다가 겨울이 오면 낙엽이 되어 대지로 돌아가리라 저 단풍처럼 인간은 이처럼 무에서 왔나가 무로 돌아가는 존재라는 것: 가을은 이 진리를 알몸으로 입증하기 위해 저렇게 붉게 타오르고 있나 보다 나의 가을을 붉게 물들이며

이명(耳鳴)

- 송도 바닷가에서

때아닌 늦가을에
내 귓속에서 연주하는
매미 소리

맴

맴

맴

무행(無行)을 하면
바람 소리 뚫고 들어와
귓속으로 스며드는 검은 멜로디

어린 시절에는 매미 소리 나면
허공을 쳐다보며
매미채 들고 잡으러 다녔지만

지금은 매미 소리 들리면
매사에 몰입한다
그 소리 듣지 않으려고

일몰이 타오르고 있는
송도 바닷가
어둠을 타고 넘어오는
파도 소리

귓속에서 합창을 하니
내 가슴도 붉게 진동을 하고

매-ㅁ
매-ㅁ
매-ㅁ

이 상태를 누리며 살자
이 시간을 즐기며 살자

늦가을에 일몰을 바라보며

거미 망(網)

- 도봉산 냇가에서

넘어가는 햇살 붙잡고
보금자리 꾸리는
거미 한 마리
생명의 줄 뽑아내면서

어망과도 같은 집
그 망에 걸리는 것은
깃털 같은 곤충뿐
몸통인 새들은 비껴가고

잔잔한 바람결에도
출렁거리고
희미한 달빛도
뚫고 지나가고

허허로운 집에서
밤낮으로 곤충을 기다리는
가련한 거미의 삶
온몸을 떨면서

삶의 바다에서
파도를 헤쳐 가며
시간을 낚시질하는
저 생존의 모습

허공에 걸려 있다
있는 듯 없는 듯
비바람 이겨내며
눈보라 견뎌가며

빈집

공원 한 모퉁이에 다 허물어져 가며
누드로 서 있는 빈집 한 채
눈보라 견뎌가며
처연하게 버티고 있다

언제 철거될지 모르는 채

유리창만 꼿꼿이 매달려 있을 뿐
지붕도 허물어지고
몸체는 기울어지고
헐벗은 나무 한 그루
허리를 받쳐주고 있을 뿐

삶의 무게 무거워
가라앉고 있는 모습
시간의 흔적 쌓여
헝클어진 자태

자신의 삶을 온몸으로 증언하고 있다

바람하고만 소통할 뿐
아무것도 보이지 않고
고독으로 가득한 공간에는
허무로 얼룩진 시간만 뒹굴고

저 집 시계는 멈추어 있다

철거를 기다리고 있는 지금
자신의 운명을 예감하는 듯
세상의 거울인 양
우수의 눈빛으로 삶을 이야기하며

지나가는 길손들에게
질문을 던진다
무거운 침묵으로

'당신은 지금 어디로 가십니까'

굴뚝

- 촛대바위 앞에서

촛대바위가 우람하게 서 있는
바닷가 언덕 저 너머로
바람 맞으며 외롭게 솟아 있는
흰 굴뚝 하나

가슴속에 쌓아두었던
사연과 아픔을 태운 흰 연기
무럭무럭 피어올라
뭉게구름에 넌지시 안긴다

산업사회에서는 발전의 상징물
현대사회에서는 환경 파괴의 주범

지금 이곳은 쓰레기처리장
사람들 마음속에 굴뚝을 세우면
태워야 할 쓰레기들은
얼마나 많을지

수많은 사회악과 갖가지 부조리들
모두 태우고 태워
연기로 날려 보낼
사회의 굴뚝이 필요한 오늘

내 가슴에도 굴뚝을 세워
지난날 쌓인 쓰레기
다 태운 연기
공중으로 날려 보내고 싶다

저 굴뚝처럼

Ⅳ. 겨울 구름은 추위를 견디며

고목
- 양평 용문사에서

가지만 앙상하게 걸려 있는
저 오래된 나무
시간이 지나간 흔적만 품고
호젓하게 누드로 서 있다

구름이 흐르며 동무가 되고
바람이 외로움 털어내 줄 뿐
얼마나 더 많은 시간
버티고 서 있어야 할지

자신은 알고 있는지

이곳을 찾은 사람들의 발자국
이곳에서 벌어진 과거사들
저 깊은 몸통 속에
낱낱이 기록하고

산증인으로 서 있다

비 오면 눈물 흘리고
눈 내리면 흰 소복으로 갈아입고
바람 불면 손 흔들면서
담담하게 세월만 삼키며

처연하게 서 있는 저 고목

'생명이란 왔다가 가는 것'

이 세상 못 떠나면서
알몸으로 증거 하며

13월에 핀 꽃

미궁 속 13월에 피어오른 꽃
어느 계절의 꽃보다
더 화려하고 찬연하구나

느닷없이 얼굴에 피어난 꽃
흰색 휴지 위에서
선연하게 그리고 있는 저 지도
동백보다 더 짙게

인생을 흠뻑 마시며
찬란하게 피어난 꽃

저 꽃 속에
긴 시간 농축되어 있고
고된 삶의 발자취
깊게 드리워져 있는

인생의 빛과 그림자

저녁노을처럼 걸려 있는
붉고 강렬한
인생의 훈장
과로가 대가로 선물한

'열심히 살고 있다는 증거야'

가장 아름다운 계절이야
가장 창조적인 시간이야
가장 의미 있는 순간이야

지금 이 순간

똑딱똑딱 시계 가는 소리
저물어가는 13월에

다시 피어난 꽃

구두를 바라보며

신발장 안에서 안식을 취하고 있는
검은 구두 한 켤레
먼 길 쫓기는 모습으로 남긴
내 발자국 곳곳에 찍어놓고

마지막 안식을 취하고 있다
민얼굴로 마주 보고 앉아서

내 삶의 산증인
내가 걸어온 발자국
모두 기억하고 있을 것이고
숨겨진 사생활의 비밀까지도

나의 몸무게는 알고 있겠지만
인생의 무게는 짐작이나 할까

세상을 이곳저곳 누비고 다니느라
너무 혹사를 시켰고
치유할 수 없는 고통을 주었고
이제 사형집행을 기다리고 있지만

구두의 모습은 나의 민낯
내 생의 냄새가 깊숙이 배어 있는

지금 앉아있는 불균형한 모습
거울처럼 뚫어지게 바라보며
지난날을 결산해본다
일기장 다시 읽는 기분으로

함께 걸어온 굴곡진 길
지나간 명암의 시간들

수담(手談)

- 우정을 나누며

친구와 시작한 바둑
따스한 대화가 오가고
눈 내리는 창밖은
평화스럽기만 하다

톡
톡
톡

순식간에 대화는 사라지고
전운(戰雲)이 감도는 바둑판
흑 돌과 백 돌 사이에
반드시 승패가 가려지니
이 공간에 공생이란 없다

바둑판은 전장
바둑은 전쟁

누가 바둑을 세상에 비유하는가
세상에서는 정글의 법칙이 판을 치지만
바둑판은 공정한 규칙*에 따라
전투가 벌어지는 정제된 정글

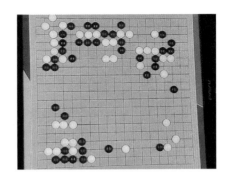

톡
톡
톡

규칙에 따라 싸움은 벌어지고
실력에 따라 승패가 결정되는

바둑판 위에 공정사회가 있다
우리가 지향하는 이상사회

　* 바둑은 1 vs. 1의 전쟁: 한 번에 한 알씩 놓고, 실력의 차이가
　　있을 때는 급과 단으로 구분하여 같은 급수끼리 대항한다. 바둑
　　은 공정성이 그 생명이고, 이를 보장하는 엄격한 규칙이 있다.

지팡이

- 사패산 자락에서

한 노년이 오르고 있는 저 산
마지막 넘는 고갯길

젊은 날에는 두 다리로 걷던 길
이제는 세 다리로
세상을 건너가고 있다

세월이 선물한 '지팡이'에 의존해서

시간이 지나가며 남긴
희미한 발자국 따라
힘겹게 오르는 고갯길

지금 저 노년은 네 다리로
고개를 넘고 있다
삶에 필요한 또 하나의 다리

'지혜'라는 지팡이를 짚고

지금 나는 다섯 개의 다리로
저 고개를 오르고 있다
일몰 쳐다보며 걷는 길에서

'구름'이라는 지팡이를 짚고

마지막 인생길을

제4부

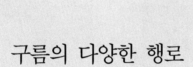

구름의 다양한 행로

흐르는 구름
모든 욕망 내려놓고
모양도 다르게
색깔도 여러 가지로

한 번 왔다가 간다는 것
잠시도 쉬지 않고
모습 변하면서
온몸으로 증거 한다

구름 따라 걸으면서
세상을 건너가는 오늘
존재의 의미를 깨닫고
삶의 의미를 곱씹으며

일몰처럼 떠 있다가
흔적도 남기지 않고
저 산을 넘기 위해
오늘도 홀로 걷고 있다

Ⅰ. 구름 따라 걸으며

거울 속 자아상
- 자월도에서

공동묘지 찍기 위해
섬을 가로질러 길게 뻗어 있는 길
하늘 쳐다보며 걷는다

꼬불꼬불하게 누워있는 길
차량의 안전운행을 위해
모퉁이마다 서 있는 거울

이 순간은 나를 위한 것

바람에 흔들리며
거울 한가운데 떠오르는
나의 자화상

구름은 그리움으로 떠 있고
파도는 행진곡 연주하고
수평선 가는 길손 유혹하고

182 구름 따라 걷는 길

섬을 가로지르는 길
나는 자연 속으로 들어가고
자연은 내 안으로 들어오니

나도 자연이 된다

바닷가 산마루 턱에 올라서니
저 멀리 하늘과 바다와 구름
몽상의 세계를 펼치는

저곳이 천국 아닌가
'살아서 가는 천국'

기쁨이 가득한 곳
그곳이 천국이요
고통이 가득 찬 곳
그때가 지옥이니

내 마음은 항상 그곳에서
떠돌고 있다

여명(黎明)

- 안면도에서

여명이 걸어오고 있다
밤의 숲을 지나 바다를 건너
발걸음도 당당하게

아직 물이 들어오지 아니한 바닷가
이곳저곳에 고여 있는 물 위에
어둠이 남아서 반짝반짝 빛을 발하고

관광객들이 시간을 건져 올리며
삼삼오오 서성대는 사이사이
점령군처럼 뚜벅뚜벅 걸어오는 여명

태초에 세상에
광명이 열린 것처럼

낮은 산 정상에서 내려다보는
가슴에 다가오는 여명
희망의 등불 들고 늠름하게

어둠과 밝음 사이에서
신비감으로
온몸으로 행위예술을 하며

여명은 광명의 횃불을 들고
하루의 시작을 알리는 새벽종
희망을 전달하는 배달부

어두운 세상에
횃불을 들고 여명처럼 나타날
구세주와 같은 인물은 없는가

산책

– 도봉산 둘레길을 걸으며

길게 누워있는 흰 구름
오늘도 구름 쳐다보며
오솔길을 걷는다
나를 만나러 가는 길

푸른 하늘 쳐다보면
내 마음 푸르게 열리고
나무들 눈길 받으면
내 영혼 조용하게 깨어나고

루소가 사색하던 길
베토벤이 구상하던 길
에디슨이 탐구하던 길

선인들이 걷던 길 상상하며
매일같이 걷는 둘레길
길 위에서 사색을 하고
걸으면서 나를 만나고

나만으로 충만한 창조의 시간
나만으로 가득한 창조의 공간

자연의 순리를 체감하고
존재의 의미를 곱씹으며
작품을 구상하고
스토리를 만들며

지금 걷고 있는 이곳
나의 해방공간이고
지금 걷고 있는 이 길
구원으로 가는 길이다

둘레길 걸으면서
나의 실존을 확인한다

'나는 걷는다 고로 나는 존재한다'

보름달

- 경포대 호숫가에서

(우리나라 역사상 한 번밖에 없는
 야간 소등 관제훈련이 있던 보름날 밤)

어둠의 장막 내려온 호숫가
벤치에 앉아있는 두 남녀
달을 쳐다보며

그 사이로 떠오르는
다섯 개의 보름달

하늘에 떠오른 보름달
붉게 달아오른 얼굴로
구름과 숨바꼭질하고

호수에 내려온 보름달
온몸 적시며
둥실둥실 춤추고

달은 그녀의 두 눈에도
촉촉하게 떠오르고
바라보는 순간
내 눈 속으로 옮겨오고

달빛이 전신으로 퍼지며
마침내 두 사람 가슴속에도
깊숙하게 떠오르니

다섯 개의 달 합창을 하고
세상은 달빛으로 가득 차고
영혼까지도 하얗게 수놓고

달들이 마주 보고 부딪치니
호수는 다소곳이 경련을 일으키고
어둠마저 리듬에 맞추어 흔들리고

그 순간
시간여행을 하고 있던 두 사람
행복 우주선을 타고

그 장면 아직도 추억 속에
보름달로 둥실둥실 떠 있네

'서울로 7017'의 낮과 밤

공중 정원으로 꾸미고
만남의 장소로 바뀌고
고가보행로로 다시 태어난
'서울로 7017'

추억이 날개를 펴고
머릿속을 비상하니
과거 위에 미래를 입힌
오늘이 흐르고

낮에는 회색 옷 입고
거리 위에 서 있던 다리
밤에는 색동옷으로 갈아입고
사람들을 유혹하는

낮과 밤의 모습 두 얼굴

구서울역과 구대우빌딩
과거의 옷 그대로 입고 있고
새 서울역과 많은 고층빌딩들
새롭게 치장을 하고 있고

기찻길은 그대로 누워있는데
그 위로 과거와 현재가 교차하고
낮과 밤 서로 다른 모습 위에서
미래가 여울처럼 그려지고

역사의 한 페이지가
곡예를 하고 있는 '서울로 7017'
과거와 미래가 교차하는 길목에서
길을 잃은 내 마음

지금 서울로를 거닐고 있다
내일의 모습을 상상하며

Ⅱ. 북녘 하늘 바라보며

철마의 소망*
- 신탄리역에서

더 이상 달려갈 수 없는 곳
산 너머로 휴전선 바라보고
처연하게 서 있는 저 팻말

'철마는 달리고 싶다'

분단의 아픔 토하는 신음소리
통일을 열망하는 민족의 소망
북녘까지 들리는지

남북 사이에 철조망이 가로막고
철도가 멈춘 지 몇 해인가
시간이 흐를수록 점점 더 멀어만 가고

'철마는 달리고 싶다'

비가 오나 눈이 오나
외롭게 목맨 기적 소리로
소망을 노래하고 있는

저 팻말

 * 경원선의 종착역이 백마고지역으로 옮기기 전에 쓴 것임.

평화의 종소리

- 평화공원에서

각국에서 기증한 탄피 녹여 만든
평화의 종
산속 깊은 곳 평화의 댐 한가운데
강물 흐르는 소리 들으며

우뚝 서 있다

산과 댐의 호위 받으며
사람들의 눈총 삼키고
우람스러운 모습으로
세계평화를 기원하며

누군가 동전을 넣으니
평화를 외치는 종소리
산울림과 듀엣으로 웅장하게
산골짜기 따라 퍼져나간다

온 세상을 향하여

6 · 25 참전 기념비 아래
무명용사들의 무덤
처연한 모습으로
'비목'*을 들으며 누워있고

종소리에 맞추어
나무들은 노래 부르고
담수는 출렁거리고
구름도 춤을 추며

한 폭의 수채화로 떠 있고

늦가을에 붉게 타오르는
저 일몰 바라보며
평화의 종소리
마음속에 담아온다

널리 전파되기를 소망하며

　* 노래 이름.

강물

- 두물목에서

생명의 씨앗을 담고
희망의 깃발 들고
넘실거리며
바다를 향하여 흐른다

북쪽에서 내려오는 물줄기
남쪽에서 올라오는 물줄기
두 물줄기 만나서
어깨동무하고

온 곳이 다르다고
충돌하지 않고
물의 질이 다르다고
싸움하지 않고

통일의 소망 싣고
출렁이며 흐르고
민족의 열망 싣고
합창하며 흐르고

지나간 사연은 삭이고
함께 우렁차게 흐르다가
끝내 바다로 들어가
넓고 깊은 한 몸이 된다

남북으로 분단된 조국
사방으로 갈라진 민족
만나서 하나가 되는
'두인(人)목'은 어디에 있는가

우리 모두 물이 되어 만납시다
물처럼 흐르다가
바다에서 만나
깊고 넓은 바다가 됩시다

북녘땅을 건너다보며

- 강화도 평화통일전망대에서

바로 눈앞에 북녘땅이 있다
바다 저 너머로
수영해 가도
바로 닿을 수 있는 거리

분단으로 갈라놓은 남과 북
자유롭게 오갈 수 없는 저곳

바다를 건너다니며
자유롭게 넘나드는 저 새들
만남의 희망 전하고
평화의 소망 실어 나르기를

사람들은 언제나 저 바다
자유롭게 왕래할 수 있을까

이산가족들의 만남의 소망
파도 타고 바다를 건너기고
온 민족의 통일 소망
바다를 건너가며 출렁이고

'통일된 한반도를 거닐고 싶다'

코스모스가 활짝 피고
전차가 무장을 하고
바람이 남북을 거침없이 오가는
강화도 평화전망대에서

내 소망도 바다를 건너가며
파도처럼 출렁거리고 있다

철조망

- 고성 휴전선 근처 바닷가에서

바닷가 철조망을 따라 걷는다

출렁이는 바다
마주 보는 육지
이들을 갈라놓은 철조망

서로 포옹할 수 없고
파도 소리도 철조망에 걸려
아픔으로 넘나드는 분단의 슬픔

항상 전운이 감돌고 있고
핵으로 무장한 북한
평화통일은 멀기만 하고

철조망이 걷힌
한반도를 걷고 싶다

저 구름처럼

사람들 마음속에도
뛰어넘을 수 없는
난마처럼 얽혀있는 철조망

이념과 이념
지역과 지역
계층과 계층
세대와 세대
남성과 여성 간에

사회통합 이루어지고
건전한 공동체가 되도록
용광로에 넣고 녹여
하나로 만들어야 하리

철조망이 녹아내린
사람들 마음속을 거닐고 싶다

저 바람처럼

Ⅲ. 외국에서 바라본 구름

구름 나들이
- 라오스 방비엥에서

구름은 외로워서 산 능선 타고
강가로 나들이 온다

하늘은 저 멀리서 혼자 머물고
산도 함께 놀아주지 않으니
강물 위에서 산책을 하고
강가에 있는 사람들과 소통하려고

강물도 한껏 달아올라
몸 전체가 붉게 물들고
그리움 낚아 올리기 위해
한 청년 낚싯대 손질을 하고

침묵으로 소통하고
가슴끼리 부딪히는
만남은 잠시일 뿐
작별인사도 없이

태양이 보내온 꽃가마 타고
바람과 함께 어디론가 사라지니

강가에서 함께 거닐던 내 발걸음
돌아갈 길을 잃고
잠시나마 소통하던 내 마음
휘청거리며 허공을 더듬고

푸른 옷으로 갈아입은 하늘
의연하게 누워있는 푸른 산
여전히 유유히 흐르는 강물
바람 따라 흐르는 시원한 바람

내 눈은 푸르게 위로를 받는다
모든 만남은 잠깐인 거라고

허공

- 황산에서

(하늘이 유난히 푸른 가을날 명산을 사진기에
담기 위해 뜨거운 가슴 안고 황산으로 달려간다)

비바람 몰아치고
안개 자욱한 밤 산 정상
자연은 모두 숨어버리고
내 눈에서 뛰놀고 있는 것은
허공(虛空)뿐

어둠과 구름과 안개로
분장한 넓은 무대에서
관객도 없이 열연을 하는 허공
내 가슴속 사진기에 찍힌 것은
공허(空虛)뿐

암흑으로 도배를 한 신비의 공간
상상이 연출하는 카오스의 세계
태초의 모습 아닐까?
유(有)를 낳은 공(空)

자유롭게 뛰놀던 내 영혼
어둠 속을 방황하다가
힘겹게 건져 올린 자연법칙
모든 존재의 실존은

'보이는 것은 순간이고
보이지 않는 것은 영원하다'

그 추억 속 짙은 영상
지금도 내 가슴속에서
스크린처럼 돌아가며
던지고 있는 질문

'존재란 무엇인가'

그 잔영 사라질까 봐
그 교훈 지워질까 봐
다시 가고 싶지 아니한
황산

일몰

- 라오스 루앙 프라방에서

태양이 저세상으로 윤회하고 있다
온몸을 붉게 태우고
화려한 율동을 하며

계단마다 부처님 계시다는 계단 길
한 계단 한 계단 오르고 또 오른다
일만 리 먼 곳 불교국가에 와서

정상에 오르면 모든 짐 내려놓고
극락세계에 들어갈 수 있을까
상상의 날개를 펼치며

계단 길 힘겹게 올라
마침내 정상에 도착했지만
어깨 위에 짐은 그대로 있고

극락세계에 절반은 오른 것인가
얼마나 더 많은 계단을 올라야
안식을 취할 수 있을까

온몸으로 행위예술을 하는 태양

구름이 화려하게 연출한
한반도 지도를 배경으로
하늘 무대에서 곡예를 하고

소승불교를 믿는 이곳 태양
중생은 구제하지 않고
모든 열정 아낌없이 태우면서

저세상으로 홀로
뜨겁게 윤회하고 있는
불타는 용광로

나도 마지막 순간 불태우며
저 일몰처럼 붉게 떠 있다가
홀로 오늘을 건너가고 싶다

오늘은 저 태양 안에 내가 있고
내일은 내 안에 저 태양 있으리

백색 사원

- 태국 치앙마이 소재 '왓 롱 쿤 사원'*에서

건물도 희고 다리도 희고
온갖 장식품은 다 희다
물속 그림자마저 희고
사원 전체가 온통 하얗다
눈꽃 동산처럼
사원 내부마저 흰색이다
부처와 극락까지도
염불 소리도 안 들리고
스님들도 안 보이고
침묵으로 가득한
백색 천국
모든 것을 담고 있는 하얀색
붉은색 파란색 노란색
검은색까지도
용서와 화해와 포용의 정신으로
모든 것을 다 감싸주는 색
구름도 푸른 하늘에서 하얗게 흐르고
바라보는 내 마음도 하얗게 물드니
이곳이 백색 천국 아닌가
모든 것을 망각한 하얀 마음
내 마음도 하얗게 출렁거리며

하염없이 누리는 하얀 기쁨
이 사원을 거닐며 만난 백색 천국
천국이 내 가슴속에서 뛰놀고 있다

    * 화가이자 건축가인 찰름차이 코싯피팟이 전 재산을 투입해
    서 지은 개인 사원임.

계단 길

- 캄보디아 앙코르 와트에서

중앙 성소를 오른다
수직으로 뻗어 오른 계단 길
멀리 불교국가에 와서
석가모니 만나기 위해

처음엔 두 발로 오르다가
나중에는 네 발로 기어오르고
땀 흘리며 부들부들 떨면서
마침내 정상에 오르니

그곳에는 아무것도 없다

푸른 하늘 내려와 머물고
더운 바람 스쳐 지나가고
지붕 밑에 텅 빈 공간만
덩그러니 놓여 있을 뿐

그 순간 내 마음도 허공이 된다

하늘에서 구름 타고
자유롭게 떠돌다가
바람 타고 내려오는
푸른 메시지

'석가모니는 밖에서 찾지 말고
 네 마음속에 있는 석가모니를 보라'

종교로부터의 해방
영혼의 자유로움
불교의 진리 깨닫고
내려오는 계단 길

다리는 풍선 단 것 같고
마음은 날개 단 것 같고

신들의 유원지

- 발리섬에서

교회, 성당, 사찰, 사원, 모스크
한 가족처럼 다정하고 평화스럽게
좁은 마당에 나란히 서 있는
다섯 종교의 전당

모습이 다르다고 싸우지 않고
신이 다르다고 다투지 않고
종교 간에 공생하는 모습

하나님은 한 분이시고
인간은 다 같은 자손들이라는 걸
온몸으로 보여주면서

일억 삼천만의 신이 공생하는
힌두교가 누리고 있는 섬
신들은 교통사고 없이
안전하게 왕래하고 있다

종교를 둘러싸고 싸우는 건
신들이 아니라 인간들
서로 다른 종교를 만들고
서로 다른 종파로 갈리고

힌두교의 유적지와 함께
종교가 공존하는 모습
평화가 살아있는 풍경

가슴속에 담고 와서
마음의 평화 누리며
오늘을 건너가고 있다

IV. 구름처럼 일몰처럼

모텔과 공동묘지 사이
- 자월도 바닷가에서

어둠이 삼켜버린 새벽 바닷가
짧은 거리지만 인생길 닮아 있는
꼬불꼬불한 오솔길
모텔과 공동묘지를 잇고 있다

아직은 개발 중이라
산기슭에 묘가 듬성듬성 누워있고
풀잎에 내린 아침이슬
지나치는 옷자락 흠뻑 적시는

공동묘지로 가는 길

섬을 몽땅 삼켜버린 안개
어둠 길 위에도 가득하니
세상은 저 멀리 아득하기만 하고
'너와 나' 사이도 보이지 않고

저 멀리서 어둠을 헤쳐 가며
걸어오고 있는 여명(黎明)
빛을 몰고 오는
발 소리 들리고

삶과 죽음이 맞닿아 있는 이곳
어둠 속을 헤치고 가는 이 길
오늘을 건너가며
한 생애를 복기하는

미로 같은 길

인간은 누구나
'집행기일이 확정되지 아니한 사형수'

모텔과 공동묘지 사이
'묘지로 가는 길'*
지금 나는 이 길 위에서
내 삶을 결산하고 있다

  * 토마스만의 소설 이름.

일몰

- 안면도 꽃지 해수욕장에서

추운 겨울바람 견뎌가며
바닷속에 몸 담고
정답게 마주 보고 서 있는
할매 바위와 할배 바위

그 사이로 붉은 태양
하루 일과를 마치고
마지막 정열을 불태우며
저세상으로 건너가고 있다

추석날 가족과 함께
부모님 추도예배 올리기 위해
멀리 찾아온 안면도
먼저 와 계신 부모님들

두 개의 바위로 정겹게

세상을 밝혀주고
생명을 키워주기 위해
하루 종일 온몸 불태워 가면서
열정적으로 작업을 한 저 태양

평생 무언(無言)으로
자식들 교육하신 부모님처럼
침묵을 지키면서
저세상으로 윤회하고 있다

저 태양은 내 마음속으로 지고
나는 저 태양 속에서 타오르고

가교(假橋)

– 보스포루스 해협을 따라 걸으며

이스탄불에서 구름과 함께
보스포루스 해협을 따라 걷는다
하늘이 내려와 머물고 있는
저 다리를 바라보며

홀
로

바다가 탱고를 연주하니
발걸음이 즐겁고
구름과 함께 걸으니
발걸음이 가볍고

아시아와 유럽의 협곡을 잇고 있는 저

다
리

파도 소리에 심취하여
세상으로부터 해방되고
갈매기와 함께 걸으며
자유로움을 누리니

저 다리가 가교(假橋) 아닌가?

하늘나라에 가기를 소망하지만
어디에도 사다리가 없다
하늘나라로 올라가는 사다리
인간이 만든 종교 아닌가

나를 망각하며 구름처럼
이 세상을 건너가는 여행
구원으로 가는 길
지금 예행연습을 하고 있다

저 다리 쳐다보고 걸으며

머니 교

- 거짓 종교

뭐니 뭐니 해도 머니(money)가 최고라네
돈을 좇느라 미쳐가고 있는 세상

자본주의가 들어오면서*
'윤리'는 빠트리고
'자본' 원리만 들여오니
돈이 지배하는 사회가 되고

돈이면 무엇이든 통하는 세상
심지어는 마음조차 살 수 있고
저세상 가는 길에도 필요하니
최고의 권력이 된 돈

인생의 목표가 된 돈
돈 중심으로 돌아가는 세상
종교도 돈을 좇고 있으니
최고의 신이 된 돈

거짓 신**이 판치는 세상

많은 사람들이 신은 죽었다고 외치고
많은 신도들은 신이 어디에 계시냐고
묻고 있는 오늘

종교는 어디로 가고 있는가

자신을 구원시킬 자는 자신뿐

참된 신앙을 가지든가
세상을 이길 수 있는 초인***이 되든가

> * 막스 웨버의 저서 '기독교 윤리와 자본주의 정신'은 윤리의
>   바탕 위에 자본주의가 서야 함을 잘 지적하고 있다.
> ** 티 머시 켈러가 사용한 용어.
> *** 니체의 무신론의 기본원리.

유언(遺言)

늦은 밤 나의 놀이터에서 유서를 쓴다
유리창으로 스며드는 달빛 아래서
살아온 인생 돌아보며
마지막 가는 길 정리하는

저승으로 가면 내가 머물 곳은
선조들이 영면하고 있는 납골당
꽉 막힌 협소한 공간에 겹겹이 앉아있는
영혼들은 얼마나 답답할까?

구름처럼 세상을 흐르다가
푸른 하늘만 남기고
흔적도 없이
자연으로 돌아가고 싶은 내 소망

무에서 왔다가 무로 돌아가는 존재

내 영혼 자유롭게 비상할 수 있도록
화장을 한 유골
평생 오르내리며 치유 받던 곳
도봉산 이곳저곳에 뿌려주기를

남길 유산 없으니 마음이 가볍고
묘가 없으니 묘비명은 필요하지 않고
사람들 가슴속에서
좋은 추억으로 남아있기를 소망할 뿐

어차피 인생은 허망한 것

지나온 발자취 남기지 않고
홀연히 떠나고 싶은 내 심정
유서를 쓰는 순간 마음이 평온함을 느끼고
허탈한 웃음까지 나오다니

삶의 마감을 준비하는 것은
성스러운 작업
아직 못다 한 것은
덮어두고 갈 수밖에

어차피 인생은 미완성이니까

유서

'최선을 다했노라'
내가 남길 수 있는 유일한 언어다

인생은 죽을 때까지 진화하는 법
마지막 순간까지 최선을 다했으니

미련 남기지 않고 후회 없이
저세상으로 갈 수 있으리라

남길 것도 없는 인생
알릴 것도 없는 업보

지인들에게 사망 소식 알리지 말고

육신은 자연으로 돌아가고
영혼은 자유롭게 흐를 수 있도록

유골은 깊은 산속 조용한 곳
이곳저곳에 뿌려주기를

생명이 다해갈 때는 존엄하게
저세상으로 건너갈 수 있기를

마지막 가는 길 힘찬 걸음으로
저세상으로 건너갈 수 있도록

베토벤 교향곡 No. 5를 들려주기를

소망하며

@ 마감을 하며

이 책을 엮으며
구름만 쳐다보고 걸었다
구름과 함께 놀았다
언제부턴가 나도 구름이 되고
지금은 구름처럼 흐르고

모든 짐 내려놓고
구름과 함께 걸으니
내 마음에 평화가 임하고
일몰처럼 세상에 떠 있으면서
오늘을 건너가고 있다

구름처럼 살다 가리라
남은 시간
못다 쓴 에너지
구름 따라 걸으며
다 사용하고 무로 돌아가리라

구름이 내게는
친구가 되고
스승이 되고
의사가 되고
더 필요한 것이 없다

내 마음 구름과 함께
뛰놀다 가리라
이곳이 살아서 가는
천국이요
극락이니

구원으로 가는 길
바로 여기에 있다
욕망을 내려놓고
구름처럼 흐르는 것
푸른 하늘만 유산으로 남기고

사진 찍고 시 습작을 하며
비로소 해방되었다
세속으로부터
나 자신으로부터

이제 참된 자유 누리며
일몰처럼 붉게 떠 있다가
저 산을 넘어가리라
흔적 남기지 않고

시와 사진의 대화

구름 따라 걷는 길

초판인쇄 2020년 11월 23일
초판발행 2020년 11월 23일

지은이 윤명선
펴낸이 채종준
펴낸곳 한국학술정보㈜
주소 경기도 파주시 회동길 230(문발동)
전화 031) 908-3181(대표)
팩스 031) 908-3189
홈페이지 http://ebook.kstudy.com
전자우편 출판사업부 publish@kstudy.com
등록 제일산-115호(2000. 6. 19)

ISBN 979-11-6603-208-0 03810

이 책은 한국학술정보㈜와 저작자의 지적 재산으로서 무단 전재와 복제를 금합니다.
책에 대한 더 나은 생각, 끊임없는 고민, 독자를 생각하는 마음으로 보다 좋은 책을 만들어갑니다.